(N° 244) *Vente du Samedi 10 Juin 1911*

HOTEL DROUOT SALLE N° 10

N° 41 du Catalogue

DESSINS

ANCIENS & MODERNES

Me ANDRÉ DESVOUGES M. LOYS DELTEIL

Exposition publique, Hôtel Drouot, Salle n° 10
le Vendredi 9 Juin 1911, de 1 h. 1/2 à 6 heures.

FRAZIER-SOYE

Graveur-Imprimeur

153-155-157, Rue Montmartre

PARIS

CATALOGUE

DES

DESSINS

ANCIENS ET MODERNES

ŒUVRES

DE

ALIGNY, BONINGTON, CARPEAUX, F. CASANOVA, COCHIN FILS,
COROT, DECAMPS, H. FRAGONARD, F. GUARDI,
C. GUYS, HERVIER, JONGKIND, LAGNEAU, MILLET,
RAFFET, HUBERT ROBERT, TH. ROUSSEAU,
ROWLANDSON, RUBENS, WILLETTE.
ETC.

Dont la vente aura lieu

à Paris, HOTEL DROUOT, Salle N° 10

Le Samedi 10 Juin 1911

à 2 heures précises

Par le ministère de Me ANDRÉ DESVOUGES,

COMMISSAIRE-PRISEUR

26, *Rue de la Grange-Batelière*

Assisté de M. LOYS DELTEIL, Artiste-Graveur, Expert

2, *Rue des Beaux-Arts*

CONDITIONS DE LA VENTE

Elle sera faite au comptant.

Les adjudicataires paieront *dix pour cent* en sus des enchères.

M. Loys Delteil remplira les commissions que voudront bien lui confier les amateurs ne pouvant y assister.

MM. les Amateurs pourront visiter la collection, 2, *rue des Beaux-Arts*, du Mardi 6 au Jeudi 8 Juin 1911, de 2 heures à 5 heures.

EXPOSITION PUBLIQUE

Hotel Drouot, Salle N° 10

Le Vendredi 9 Juin 1911, de 1 h. 1/2 à 6 heures

N° 121 du Catalogue

DÉSIGNATION

ALIGNY

1. Les Muses. Esquisse peinte. Signée du monogramme. Encadrée.

H. 322. L. 235.

ANDRIEUX (A.)

2. L'Émeute au camp, 1870 — Wagon de 3e classe — Marguerite et Faust. Trois dessins.

ANONYMES

3. Henri III. Peinture. Panneau.

H. 430. L. 305.

4. Paysage. Peinture. Encadrée.

L. 258. H. 205.

5. Allégorie en l'honneur de Bonaparte, dessin à l'encre de chine, en forme d'éventail.

L. 415. H. 270.

AQUARELLES (XIXe siècle)

6. Paysages. Six aquarelles.

7. Aquarelles diverses, 18 pièces.

AUBRY (Charles)

8. Personnage en pied appuyé contre une barrière. Aquarelle. Signée et datée : 182 (8). Encadrée.

H. 202. L. 151.

BEAUMONT (Edouard de)

8 *bis*. Scène de carnaval. Aquarelle.

BIDA (Alex.)

9. Études de figures, 34 dessins et croquis sur papier bleu, griffe de la vente.

BLAREMBERGHE (Van ?)

10. Le Parc du Raincy. Gouache signée du monogramme V B. Encadrée. Collection Ch. Drouet.

L. 375. H. 295.

BOMPARD (Maurice)

11. Mendiant arabe, esquisse peinte. Signée. Encadrée.

H. 252. L. 165.

12. Fileuse arabe. Peinture. Signée. Encadrée,

H. 260. L. 170.

BONINGTON (R. P.)

13. Temps couvert. Aquarelle.

L. 240. H. 160.

14. Vestiges d'une église — Vieilles maisons — La Plage — Le Village. Quatre dessins.

15. Scènes de marchés, 6 dessins (2 rehaussés d'aquarelle).

16. Groupes de Figures, 6 dessins (3 rehaussés d'aquarelle).

17. Études de Bateaux, 9 dessins ou croquis (2 rehaussés d'aquarelle).

BONINGTON (attribué à R. P.)

18. Bentivoglio (Cardinal), d'apr. A. van Dyck. Esquisse peinte. Encadrée.

H. 340. L. 250.

BONVIN (F.)

19. La Terrasse. Aquarelle. Signée : *F. Bonvin 1874, London.* Encadrée.

L. 450. H. 340.

CALAME (A.)

19 Sujets d'Enfants. Quatre panneaux décoratifs.

L. (de chaque panneau) $1^{m}30$. H. 450.

CANTA GALLINA (Remi)

20. Composition de Sabbat. Plume et sépia. Collection Mariette et Valory. Sous verre.

L. 325. H. 192.

CARAN D'ACHE — JEANNIOT — ROBIDA HEIDBRINCK

21. Histoire en 5 tableaux — Amours grotesques — Voyons, ma chatte... Quatre dessins (3 *signés*).

CARPEAUX (J. B.)

22. Méditation, Rome 1857. A la plume, *avec dédicace.*

H. 210. L. 185.

23. Scène d'Italie. A la plume — L'Improvisateur. A la mine de plomb. Deux dessins.

24. Croquis divers, lettres adressées à Carpeaux. Ce numéro sera divisé.

CASANOVA (François)

25. Le Troupeau fuyant devant un loup — La Hutte des bergers, effet de nuit. Deux dessins en grisaille avec rehauts de gouache. Signés. Encadrés. Cadres anciens.

L. de chaque dessin 380. H. 250.

CASSIERS (H.)

26. Le Béguinage — La Procession — Le Retour. Trois dessins à l'encre de chine, *signés.*

CHARDIN (attribué à J. B. S.)

27. Femme assise. A la sanguine. Encadré.

L. 148. H. 117.

CHÉRET (J.)

27 *bis*. Jeune Femme en travesti. Panneau décoratif. *Signé.*

H. 2 mètres. L. 880.

CHINOISES (Aquarelles)

28. Sujets de genre. Deux grandes aquarelles en largeur. Encadrées.

CLAUDE (G.) — ROBBE (M.)

29. Le Troupeau de moutons au bord de la mer — Marché en plein vent. Deux aquarelles. Signées. Encadrées.

COCHIN fils (Ch. Nic.)

30. Portrait de l'Abbé Pommyer, connu sous le nom du *Curé de Gandelu*. A la mine de plomb. Signé : *Dessiné par C.-N. Cochin, à Gandelu 1771.* Encadré, cadre ancien.

H. 110. L. 086.

N° 49 du Catalogue.

Dessins pour le COCORICO

CALBET (A.)

31. Joueuse de guitare. Crayon, lavé d'aquarelle. *Signé.* Sous verre.

H. 420. L. 260.

DE FEURE (G.)

32. Couvertures des nos 15 et 52 *du Cocorico*, 2 dessins (un aquarellé).

HELLEU (Paul)

33. Farniente. Aux trois crayons. Encadré.

L. 625. H. 435.

HUARD (Ch.)

34. Scènes de garnison. Huit dessins.

35. Scènes provinciales. Quinze dessins.

LÉANDRE (Ch.)

36. Composition pour une couverture du *Cocorico.* Crayon rehaussé.

H. 610. L. 380.

MUCHA

36 *bis.* Couverture du *Cocorico*, nos 4 et 15 (2e année). Deux dessins à la plume, *signés.*

STEINLEN (Th. A.)

37. Couverture pour le no 2. 2e année du *Cocorico.* A la plume, avec rehauts de rouge. *Signé.*

H. 300. L. 235.

VILLON — GOZÉ — JOSSOT, etc.

38. Scènes diverses, 33 dessins ou croquis, la plupart *signés.*

WÉLY (J.)

38 *bis*. Scènes diverses, 14 dessins, dont un pour couverture. Signés.

WILLETTE (A.)

39. Couverture pour le n° 23 (2ᵉ année) du *Cocorico*. A la plume, *signé*.

H. 290. L. 235.

40. Sous ce numéro, il sera vendu environ 70 dessins par divers artistes.

COROT (J. B. C.)

41. Le Poète. Fusain.

H. 485. L. 360.

42. Crépuscule. Fusain.

H. 370. L. 270.

43. Civita Castellano, Mai 1826. Mine de plomb. Cachet de la vente. Encadré.

L. 455. H. 348.

D... (E.). (XVIIIᵉ siècle)

44. L'Homme passant devant des tombeaux. A la sanguine. Contre-epreuve. Signée : *E. D.*

45. La Colonne devant un temple en ruines. A la sanguine. Signé.

L. 567. H. 283.

46. Les trois Fileuses au milieu de ruines antiques. A la pierre d'Italie. Signé.

L. 375. H. 290.

47. L'Arc de Triomphe en ruines. A la sanguine.

H. 352. L. 282.

DAUMIER (Honoré)

48. Trois croquis de têtes dans un même cadre.

DECAMPS (A. G.)

49. Le petit Porteur de fagots. A la sépia, avec rehauts. Encadrée.

H. 465. L. 287.

DELACROIX (Eug.)

50. Études de figures de femmes. Timbre Collection Burty. Encadré.

H. 250. L. 185.

DESBOUTIN (Marcellin)

51. Desboutin par lui-même, étude peinte, *avec dédicace, 1er janvier 83*. Encadrée.

DÉZAROT

52. L'Artiste, représenté en pied, assis près du buste de sa femme. Grisaille décorant une bonbonnière en écaille.

52 *bis*. Bonbonnière Chantilly, à la marque du Cor de chasse.

DILLON (Edward)

53. Les Voyageurs au repos. Plume et encre de chine. *Signé.*

L. 336. H. 268.

DIVERS

54. Sujets divers, 12 dessins, par Gorguet, Balluriau, Vallet, etc.

55. Sujets divers, 16 dessins par G. Scott, C. Lucas, Schryver, etc.

56. Sujets divers, 12 dessins par K. Bodmer, V. Adam, Cicéri, etc.

57. Sujets divers et Paysages, 20 dessins par divers artistes.

58. Sujets divers, 17 dessins par Andrieux, Ranft, Guillaume, etc.

71. Paysages, par ou attribués à A. Bloemaert, Everdingen, L. de Vadder, etc. Sept dessins, la plupart rehaussés d'aquarelle.

72. Wittewouwen poort, à Utrecht.
L. 302. H. 220.

73. Le Passage du gué. Plume, encre de chine et sépia. Encadré.
L. 250. H. 195.

74. Paysages. Trois dessins attribués à Van Goyen et Leupénius.

75. Paysages. Cinq dessins attribués à J. van Goyen et P. Molyn.

ÉCOLE FRANÇAISE (XVIIe siècle)

76. Le Mareschal de Bassompierre, 1633. Aux crayons de couleurs. Encadré.

77. M. de Noailles. Aux crayons de couleurs. Encadré.

ÉCOLE FRANÇAISE (XVIIIe siècle)

78. Jeune Femme en buste, fusain et crayon noir. Encadré.
H. 181. L. 147.

79. Tête d'Enfant. Crayon noir et sanguine. Encadré.
H. 109. L. 098.

80. Servante, de dos. A la sanguine.
H. 154. L. 096.

81. Le Petit espiègle. Contre-épreuve de sanguine.
H. 355. L. 283.

82. L'Orage. Gouache.
L. 355. H. 225.

83. L'Abreuvoir. A la sanguine.
H. 430. L. 333.

84. Le Passage du Torrent. Contre-épreuve de sanguine.
L. 370. H. 293.

N° 107 du Catalogue.

N° 109 du Catalogue

85. Les Joueurs de quilles. A la pierre d'Italie. Encadré.
L. 317. H. 194.

86. Site d'Italie. Plume et encre de chine.
L. 365. H. 282.

87. Le Mausolée. A la sanguine.
L. 515. H. 370.

88. Le Mausolée en ruine. Contre-épreuve de sanguine rehaussée d'aquarelle.
H. 343. L. 278.

89. Le Pêcheur — Les Ruines. Deux dessins encadrés.

90. Études, portraits et sujets divers, 6 dessins à la sanguine.

91. Scène d'Intérieur. Encre de chine, légers rehauts. Encadré.
H. 400. L. 273.

92. Intérieur d'un Temple. Plume, encre de chine et sépia. Encadré.
H. 550. L. 448.

93. Trophée. Crayon noir. Encadré.

94. Motifs ornementaux, recto et verso. Encadré.

95. Sujets légers. Quatre dessins, plume, sépia et encre de chine.

96. La Barque en péril. A l'encre de chine, rehaussé d'aquarelle. Encadrée.

ÉCOLE FRANÇAISE (1re moitié du XIXe siècle)

97. Les Courses. Aquarelle. Encadrée.

97 *bis*. Chevaux. Dix-sept dessins. Collection Valori.

98. Le Château St Ange. Plume et sépia.
L. 615. H. 380.

ÉCOLE HOLLANDAISE (XVIIIe siècle)

99. Marines. Deux dessins à l'encre de chine, formant pendants.
L. (de chaque dessin) 380. H. 290.

100. Les Moulins. Crayon noir, rehaussé d'aquarelle.
L. 180. H. 128.

EECKHOUT (G. van)

101. La Charette renversée. A la plume. Encadré.
H. 226. L. 180.

FRAGONARD (Honoré)

102. Autant en emporte le Vent. Crayon, plume et sépia. L. 371. H. 266.

N° 120 du Catalogue.

GAILLARD (C. F.)

103. Portrait. Deux dessins au crayon noir.

GAUCHEREL (L.) — MANSSON — MOZIN (C.)

104. Carrières de Montrouge — Cathédrale d'Orléans — St Wast. Trois dessins, un rehaussé d'aquarelle. (2 *signés*).

GÉRARD (attribué à Mlle)

104 *bis*. Le petit Danseur. A la Sépia, avec rehauts de gouache. De forme ovale.

H. 232. L. 187.

GHEYN (J. de) ?

105. Personnage biblique. A la plume.

H. 365. L. 275.

GREUZE (attribué à J. B.)

106. Jeune Femme à mi-corps. A l'encre de chine. De forme ovale. Encadré.

H. 124. L. 099.

GUARDI (Francesco)

107. La Place St Marc, à Venise. Plume et encre de chine.

L. 440. H. 290.

108. Les 2 Pilastres de la Place St Marc, à Venise. Plume et encre de chine.

L. 448. H. 302.

109. Les Gondoles. Plume et encre de chine.

L. 435. H. 280.

110. La Pyramide. Plume et encre de chine.

H. 395. L. 270.

GUILLAUMOT (A.)

111. Vues de Marly, 30 dessins ou croquis.

GUIRAND DE SCEVOLA

112. Au Café. Encre de chine avec rehauts. Signé.

L. 340. H. 210.

GUYS (C.)

113. La Voiture Pontificale. A l'encre de chine. Sous-verre.

L. 280. H. 195.

114. Rencontre au Bois. A l'encre de chine. Encadré.
L. 278. H. 202.

115. Promenade. Encre de chine. Encadré. Brunner
L. 240. H. 185.

N° 131 du Catalogue.

116. Les trois Cavaliers. Plume et encre de chine. Sous-verre. 30/20 Delteil
L. 230. H. 173.

117. Promenade publique. Plume et encre de chine. Encadré. 80/50
L. 320. H. 240.

118. Les Cent Gardes. Plume et encre de chine avec rehauts. Encadré.

L. 277. H. 132.

119. Rencontre. A l'encre de chine. Encadré.

H. 255. L. 195.

120. Femme à l'éventail. A l'encre de chine. Encadré.

H. 226. L. 164.

HERVIER (Ad.)

121. Cour de Ferme à Grande Motte (Eure-et-Loir). Aquarelle. Signée et datée ; 1851. Encadrée.

L. 390. H. 250.

H. C.

122. La Fontaine. Contre-épreuve de sanguine, signée: *H. C. 22 Janvier 1793.*

L. 348. H. 281.

HULSWIT

123. Paysage hollandais. Plume et encre de chine.

L. 360. H. 240.

INDOUES (Aquarelles) (XIXe siècle)

124. Personnages divers, 13 aquarelles.

ISABEY (Eugène)

125. Le Vallon. Crayon noir avec rehauts de blanc. Signé des initiales.

L. 453. H. 208.

ISABEY (attribué à J. B.)

126. Jeune Femme en buste, avec coiffure à plumes. Mine de plomb, avec rehauts d'aquarelle. Encadrée.

H. 155. L. 125.

JACQUET (Gustave)

127. Profil de jeune Fille. A la mine de plomb. Signé, dédicace. Encadré. .

H. 280. L. 215.

JONGKIND (J. B.)

128. La Route. Aquarelle. Signée et datée : 2 sept. 1861.

L. 355. H. 223.

KLINGSTEDT (K. Gustav)

128 *bis*. La Femme au perroquet. Grisaille avec quelques rehauts décorant une boutonnière, écaille et or.

KAEMMERER (H.)

129. Paysage d'Espagne. Encadré.

KOUNIYOCHI — OUTAGAWA

130. Sujets divers. Six dessins.

LAGNEAU

131. Portrait d'Homme. Aux crayons de couleurs. Encadré.

H. 134. L. 103.

MAURIN (A.)

132. Portraits divers — Christ en Croix, 9 dessins.

MAURIN (Nicolas)

133. Le plus beau soir de la vie. A l'encre de chine, rehauts de gouache. Encadré.

H. 227. L. 191.

MILLET (J. F.)

134. Tendresse maternelle. Crayon noir. Griffe. Encadré.

H. 147. L. 107.

MOREAU (Adrien)

135. Allégorie. Aquarelle. Signée.

NETSCHER (École de G.)

136. Portrait de Femme. Crayon avec rehauts de blanc.
H. 280. L. 225.

ORLEY (R. van)

137. L'Enlèvement d'Europe. A l'encre de chine.
H. 214. L. 162.

P... (École Hollandaise XVIIIe siècle)

138. Le petit Troupeau. A la plume, lavé d'aquarelle. Signé de l'initiale P. Encadré.
L. 310. H. 222.

PARELLE (M. A.)

139. Le Repos. Crayon noir avec rehauts de blanc. Encadré.
H. 345. L. 290.

PILLE (Henri)

140. Manifestation. A la plume. Signé. Encadré.
H. 335. L. 220.

PRUDHON (attribué à P. P.)

141. Première pensée de la Justice et la Vengeance divine poursuivant le Crime. Étude peinte. Encadrée.
L. 265. H. 215.

142. Études de têtes et de bouches. Crayon noir avec rehauts de blanc, sur papier bleu. Encadré.
L. 132. H. 094

RADEMAKER (A.)

142 *bis*. Paysages. Deux dessins, plume et encre de chine, se faisant pendants.

RAFFET (A.)

143. Ruth et Booz. Aquarelle. *Signée*. Encadrée.
H. 138. L. 097.

N° 149 du Catalogue.

RECUEILS

144. Album factice contenant 33 aquarelles, miniatures et gouaches, la plupart anciennes, par Averkamp, von Brussel, etc.

144 *bis*. Album factice contenant 91 dessins modernes, plume, crayon ou encre de chine, par Lansyer, Jules Laurens, Leleux, Saint-Marcel, Aimé Millet, Mme O'Connell, Pasini, Protais, etc.

145. Album factice contenant 54 dessins anciens et modernes par le Parmesan, Del Vaga, Lépicié, Storck, de Gheyn, Benouville, etc.

145 *bis*. Album factice contenant 83 dessins, plume, crayon ou encre de chine, par Émile Breton, Aligny, Anastasi, G. Brion, F. Chaigneau, Daubigny, Th. Frère, P. Huet, etc.

REGNAULT (Henri)

146. Études de lions. A la mine de plomb : *J. des Pl. mai 64 H. R.* Encadré.

L. 314. H. 233.

REMBRANDT VAN RIJN (École de)

147. Scène dans le Temple. A la plume.

H. 185. L. 145.

RIOU

148. Illustrations pour ? 54 dessins à la plume, lavés d'encre de chine et rehaussés de gouache. Signés.

ROBERT (Hubert)

149. Intérieur d'un Temple abandonné. A la sanguine. *Signé et daté 1762.*

H. 495. L. 395.

150. L'Escalier. A la sanguine. Signé : *Villa farnèse Roberti 1761.*

L. 405. H. 380.

151. Les trois Personnages au milieu des ruines. A la sanguine.

H. 358. L. 285.

152. La Fontaine entourée de ruines. A la sanguine.

H. 358. L. 277.

N° 150 du Catalogue.

153. Couple dans les Ruines. A la pierre d'Italie.
L. 580. H. 345.

154. Le Serpent dans les ruines. A la pierre d'Italie.
L. 600. H. 350.

155. L'Oiseau échappé. Contre épreuve de sanguine. *Signée.*
H. 340. L. 280.

156. Le Couple au bord d'un ravin. Contre-épreuve de sanguine, signée. H. 356. L. 282.

157. Urne égyptienne. A la sanguine.
H. 243. L. 186.

ROBERT (Hubert ?)

158. Vue d'Italie. A la sanguine. L. 465. H. 312.

159. Le Temple. A la sanguine. H. 365. L. 280.

160. Cour à Avignon. A la sépia. H. 310. L. 195.

161. Paysages ornés de figures. Quatre contre-épreuves de sanguines.

ROUSSEAU (Théodore)

162. Paysages. Deux dessins à la plume. Timbre.

163. Passage du gué — Retour du Marché. Deux croquis au crayon. Timbre de la vente. Sous verre.

ROWLANDSON (Thomas)

164. Scène de ménage. A la plume, rehaussé d'aquarelle.
L. 265. H. 238.

RUBENS (P. P.)

165. Étude d'homme nu à mi-corps. Crayon noir. Encadré. H. 275. L. 260.

SINET

166. Jeune Femme au boa. Pastel. Signé. Sous verre.
H. 372. L. 282.

N° 171 du Catalogue.

SUVÉE

166 *bis*. Fontaine di Marino. A la sanguine.
L. 485. H. 345.

TAUNAY (N. A.?)

167. Portrait d'homme en costume du Directoire. Crayon noir. Encadré.
H. 160. L. 122.

TERBURG (G.)

168. Personnage, de dos, appuyé sur un fusil. Crayon noir avec rehauts de blanc. Sous verre.
H. 272. L. 124.

TILD (Jean)

169. Repos. Crayon noir rehaussé d'aquarelle. Signé. Encadré.
L. 318. H. 257.

TROYON (C.)

169 *bis*. Bœufs au labour. Crayon noir. Griffe.

VOUET (Simon)

170. Étude de Figure. Crayon. Signé.
H. 245. L. 180.

WATTEAU (attribué à Antoine)

171. Un Mezzetin. Aux trois crayons.
H. 273. L. 190.

WATTEAU (École d'Ant.)

172. Personnage en pied, de dos. A la sanguine. Encadré.
H. 154. L. 105.

173. Jeu de saute-mouton et motifs ornementaux. A la sanguine. Encadré.
H. 263. L. 205.

WATTEAU DE LILLE (L. J. ?)

174. Jeune Femme, à mi-jambes, assise. Plume, crayon noir et gouache. Encadré, cadre ancien Louis XIV.
H. 270. L. 192.

WILLE (J. G.)

175. Carrières près Paris — Montfaucon. Deux dessins, sanguine et sépia, signées et datées : 1755 et 1781.

WILLETTE (Ad.)

176. Pierrot et Pierrette, histoire en sept tableaux. Mine de plomb et crayon bleu. Signé : *à Farina son vieux frère Pierrot, A. Willette.* Sous-verre.

177. Pierrot et son médecin. Plume et crayon. Sous-verre.

178. Sous ce numéro, il sera vendu par lots, soixante-quatorze dessins anciens et modernes.

179. Sous ce numéro, il sera vendu des dessins non catalogués.

N° 30 du Catalogue.

FRAZIER-SOYE

GRAVEUR-IMPRIMEUR

153-157, RUE MONTMARTRE

PARIS

www.ingramcontent.com/pod-product-compliance
Ingram Content Group UK Ltd.
Pitfield, Milton Keynes, MK11 3LW, UK
UKHW021034260726
13994UKWH00005B/2144

9 782329 359182